_____ 님께

추억의 언저리에 웃고 있는
당신께 이 책을 드립니다

년   월   일

_____ 드림

글벗시선 228 신복록 다섯 번째 시조집

추억이 없는 가족

신복록 지음

도서출판 글벗

시집을 출간하며

어느 날 문득 유년의
세월 이야기를 되짚어보니
기억의 조각에는 아버지와 삼 남매가
함께 채운 추억의 페이지가
아무리 헤집어봐도
한 줄도 없다는 것이
왜 이리 가슴이 아플까요?
가족사진조차도 말입니다
이제는 추억을 채울 수도 없는데

삶이 고단할 때면
단 한 장뿐인 흑백사진 속의
흐릿한 아버지의 모습 보며
나만의 빛바랜 소중한
그 시절 이야기를 꺼내
울고 웃으며 위인의 힘으로
육순의 절반 길 따라 혼자
터벅터벅 걷습니다

언제나 시랑을 품은
박지혜 님께 감사를 드립니다

저자 신복록

차 례

제2부 내 삶의 그대

제3부 그 이름

제4부 자연의 향기

제5부 추억의 향기

■ 서평

제1부

골목집 뜨락

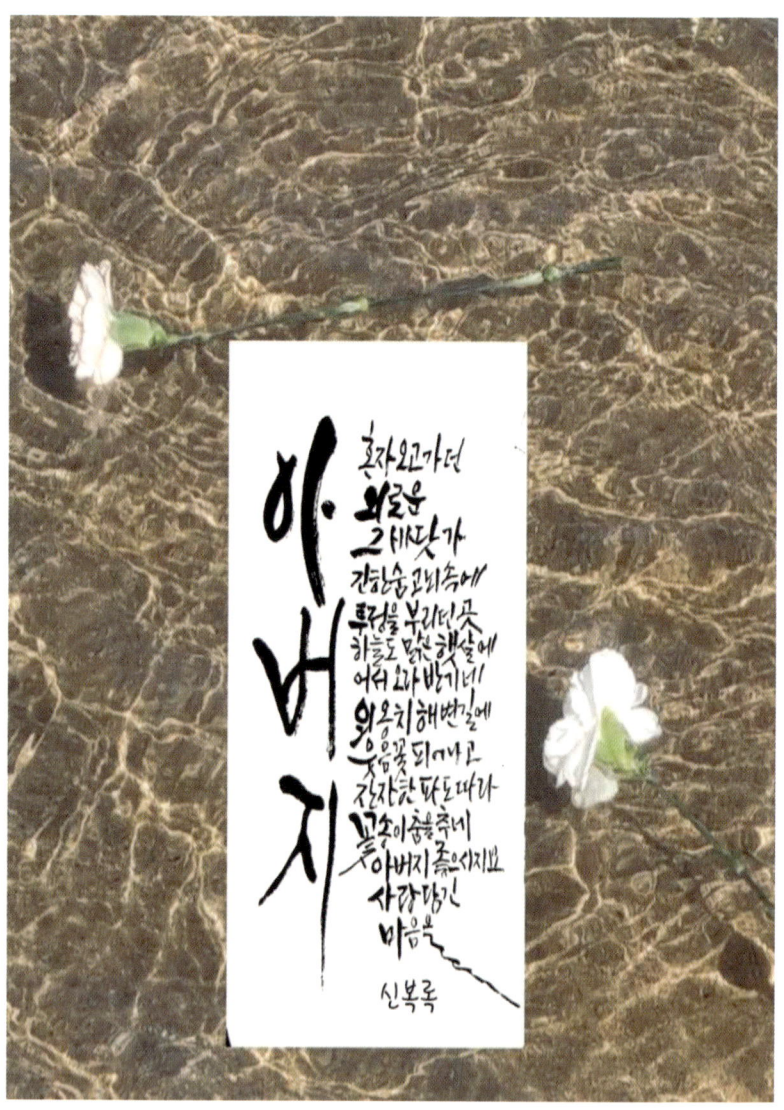

아버지

혼자서 오고 가던
외로운 그 바닷가
긴 한숨 고뇌 속에
투정을 부리던 곳
오늘은 맑은 햇살이
어서 오라 반기네

외옹치 해변길에
웃음꽃 피어나고
잔잔한 파도 따라
꽃송이 춤을 추네
아버지 좋으시지요
사랑 담긴 마음을

하얀 별꽃

바람에 날아왔나
흙 속에 숨어왔니
연둣빛 잎새 틈에
들꽃이 활짝 피어
한낮의
햇살을 품고
맑디맑게 웃는다

너무도 작디작아
고개를 푹 숙인 채
널 보는 신기함은
겸손을 알려주네
새촘한
하얀 별꽃들
앙증맞게 곱구나

끌목집 뜨락

알알이 탐스럽게
포도가 익어가고
골목집 뜨락에는
자두가 수줍은 듯
발그레 홍조 띤 얼굴
달콤함을 품었네

종이옷 뒤집어쓴
연둣빛 풋사과는
강렬한 뙤약볕에
한 뼘 더 커져가니
여름날 상큼한 맛이
익어가고 있구나

18_ 추억이 없는 가족

산사길

해 질 녘 산사길을
사부작 거닐으니
청아한 풍경소리
저 멀리 들려오네
자연은 경이로움을
붓칠하고 있구나

스치는 산바람에
청량함 스며들고
하늘의 한 폭 그림
감동이 스며드니
황금빛 노을 풍경에
매료되는 이내 맘

바다

일출은 구름 뒤로
황금빛 숨어들고
한세월 고기 잡던
어부는 간데 없네
그리움 넘실거리며
바다 깊이 숨는다

물안개 나풀대니
짠 내음 더욱 짙고
수많은 사연 품은
파도만 철썩이네
저 멀리 고깃배 하나
물결 따라 떠난다

해당화

해풍은 가을바람
한소끔 데려오니
해변 길 자박자박
햇살도 발맞추네

길섶의 해당화 물결
형형색색 곱구나

열정의 붉은 열매
알알이 탐스럽고
추억을 한 줄 꺼내
툭 따서 먹어보니

사르르 달곰한 맛이
옛 시절에 머문다

보름달

공허함 텅 빈 가슴
그리움 스며드니
갈증의 목마름에
골목길 서성이네
만삭의 둥근 보름달
벗이 되어 머문다

가로등 불빛 아래
꽃들도 잠 못 들고
초록의 잎새 틈에
설익은 감하나가
툭 하니 떨어지면서
나그네를 잡는다

가을빛 수채화

다정히 손을 잡고
그대와 걷는 숲길
마음의 여유로움
갈바람 솔솔 불고
사랑의 향기로움에
행복 미소 짓는다

진하게 채색되는
색색의 꽃물결들
강가에 펼쳐놓은
설렘의 아름다움
가을빛 수채화 속에
감성 한 줄 줍는다

코흘리개

고향길 찾아가면
친정집 오빠같이
호탕한 목소리로
살갑게 반겨주는
유년의 코흘리개는
나의 고향 지킴이

병마에 싸워가는
자네의 모습 보며
힘없는 우정이라
가슴이 아팠었지
꿋꿋이 견디어가니
감사하고 고맙네

여보게 마음의 짐
조금은 내려놓고
앞바다 일출 품고
청초호 노을 보며
가벼운 발걸음 되어
멋진 인생 사세나

향수 한 줌

한소끔 가을비가
머물다 떠나가니
운무의 춤사위는
산자락 스며드네
깊어진 가을바람은
옷섶 깊이 스친다

어느집 작은 텃밭
정겨운 웃음소리
여인들 손끝에는
보드란 호박잎들
옛 시절 기억을 꺼내
향수 한 줌 채운다

겨울 놀이터

온 세상 소록소록
함박눈 내리던 날
뽀드득 음률 따라
해맑은 웃음소리
꼬마를 태운 눈썰매
씽씽 슝슝 달린다

꽁꽁 언 고드름을
툭 떼어 장난치니
아빠도 그 옛날의
동심이 스며드네
자연의 겨울 놀이터
쌓여가는 추억들

인향 꽃

남남이 인연 되어
진솔한 마음 나눔
아프면 달려오고
힘들 땐 보듬으니
내 삶의 그녀의 향기
지지 않은 인향 꽃

모든 걸 준다 한들
아깝지 않을 사람
행운의 보석 하나
소중히 보듬으며
늑진한 정성을 담아
이내 사랑 전하리

그대에게 가는 길

가을날 떫은 감은
창가에 매달린 채
보드란 속살 품고
달콤함 꾸덕꾸덕
그대께
드리고 싶어
실실 웃음 짓는다

새벽길 겨울 바람
마음의 훈풍이고
터미널 대합실에
첫차를 기다리며
이내 맘 행복을 품고
그대에게 가는 길

도리깨질

굳은살 고단함이
때 묻은 도리깨질
셋째 딸 손끝에서
휘리릭 타닥타닥
들깨 단 두드려주니
알갱이가 후드득

영근 작은 알들
수북이 쌓여지고
팔순의 어머니는
키질을 사륵사륵
모녀의 가을 풍경에
고소함이 머문다

멍멍이와 고양이

하루를 털어내며
집으로 가는 골목
무엇이 궁금한지
담장에 의지한 채
고개를 갸웃거리는
멍멍이와 고양이

얼굴을 쏙 내밀고
호기심 가득하니
그 모습 귀여워서
길손은 박장대소
잠깐의 밝은 웃음꽃
고단함이 사르르

금화규

선녀가 춤을 추듯
바람에 하늘하늘
그대는 누구기에
저리도 고운가요
꼿꼿한 큰 키 뽐내며
도도하게 피었네

연노랑 옷을 입은
보드란 큰 꽃송이
우아한 그 자태가
이내 맘 유혹하네
이름도 품위 있구나
아름다운 금화규

잠시 여유

다소곳 수줍은 듯
수련의 우아함은
매력을 발산하며
길손을 초대하니
호숫가
습지 길 따라
잠시 여유 누린다

연밭의 꽃향기에
짱아가 춤을 추니
오리 떼 장단 맞춰
꽉꽉 꽉 떼창하네
물옥잠 여린 꽃송이
한 줌 햇살 반긴다

능소화

강렬한 뙤약볕에
꽃잎은 힘들어도
넝쿨은 높이높이
오르고 또 오르며
저 멀리 모퉁이 길만
바라보고 있구나

달빛이 스며드는
어둠의 울타리에
아픔의 슬픈 노래
구슬피 불러봐도
오실 임 그림자조차
보이지가 않구나

하늘길 찾아가면
그 임을 만나려나
이승의 짧은 사랑
영원히 이뤄질까
빗물에 눈물 머금은
애절한 꽃 능소화

감사한 삶

지금의 상념들이
절망에 괴롭혀도
살아온 연륜 속에
자신을 성찰하며
다시금 희망을 잡고
툴툴 털어 보련다

흩어진 생각들을
고요로 다스리고
최선의 말을 품고
감사한 삶을 살자
해 질 녘 노을빛처럼
당당하게 살리라

참새

푸드득 날아가다
우르르 내려앉아
새들의 수다 소리
들녘에 재잘재잘
화창한 햇살 좋아라
이구동성 쨱쨱쨱

뜀뛰기 사뿐사뿐
갯단에 들락날락
고소한 알갱이에
신나서 조잘조잘
참새떼 무리를 지어
여유로움 정겹다

만가 소리

떠나면 다시 못 올
초행길 북망산천
덩그렁 선소리꾼
슬피도 읊조리니
애절한 만가 소리에
눈시울이 젖는다

상여에 매달린 채
목놓아 울부짖던
십수 년 세월 속에
그날의 깊은 슬픔
꽃상여 타고 떠나신
아버지가 그립다

너의 집

지우개 기억되어
고향을 잊은 건지
십수 년 소식 없이
어디에 살고 있나
보고파 서성거리는
옛 추억의 너이 집

시집간 언니 따라
정든 곳 떠나던 날
큰 눈에 눈물방울
아직도 아련한데
친구야 너의 이름은
그리움만 머문다

박주가리

질긴 끈 부여잡고
견뎌낸 엄동설한
아랫녘 매화 소식
봄볕에 실려오니
겨우내 꼭 닫은 빗장
활짝 열어 놓는다

넝쿨에 박주가리
보드란 하얀 솜털
훈풍이 툭툭 치니
가녀린 새가 되어
봄 소녀 찾아 여행길
날아간다 훨훨 훨

제2부

내 삶의 그대

겨울비

눌러쓴 모자 위로
겨울비 젖어들고
어둠이 짙게 깔린
추억의 성곽길은
가로등 밝은 불빛만
시린 마음 달랜다

손잡고 도란도란
둘이서 걷던 그곳
무성한 그리움에
홀로이 서성이니
흔적은 그대로인데
임은 간 곳 없구나

추억

시월의 짙은 하늘
구름도 어여쁘고
해맑은 웃음소리
갈바람 타고 노니
숲속의 술래잡기는
동심되어 머문다

계절은 손끝으로
자연을 붓칠하니
나무는 한잎 두잎
색동옷 갈아입네
너와 나 소꿉놀이는
추억 책에 새긴다

오리 가족

시원한 바람결은
길섶에 나부끼고
개천가 맑은 물에
귀여운 아기들이
엄마 뒤 졸졸 따르며
나들잇길 떠나네

여름 볕 뜨거워도
즐거운 오리 가족
콧노래 꽉꽉 대며
자맥질 신이 나요
지나던 잉어떼들도
꼬리 살랑 흔든다

동자꽃

가을빛 속삭임에
청명한 맑은 하늘
산속에 들려오는
자연의 화음 소리
아침의 오솔길 따라
평온함을 품는다

시냇가 둑길에는
주홍빛 꽃송이가
이슬을 머금은 채
햇살에 반짝반짝
기다림 애잔하구나
아름다운 동자꽃

벗과 함께

지천에 제멋대로
돋아난 봄나무들
씀바귀 지장 가리
쑥이랑 민들레가
봄의 맛 가득 품은 채
풍요로움 내준다

알싸한 명이나물
향긋한 표고버섯
툭 따서 안주하는
탁배기 한 잔 술이
이 어찌 좋지 않은가
벗과 함께 나누니

후회

피붙이 하나 없는
실향민 외로움을
친형제 못지않게
아버지 챙겨주신
그 기억 감사했기에
가슴 깊이 새겼네

어느 날 문득 스친
아저씨 안부 소식
수소문 이곳저곳
기쁨도 잠시 잠깐
멀고 먼 북망 산천길
떠나시고 없구나

사는 게 무어라고
왜 잊고 살았을까
생전에 뵙지 못한
후회가 밀려오니
때늦은 죄송한 마음
속울음만 삼킨다

기억

여명은 들락날락
구름과 술래놀이
파도는 잔잔하여
갯바위 올라서니
추억이
꿈틀거리며
흔들리는 이내 맘

그 옛날 이곳에서
개헤엄 첨벙첨벙
짠물을 먹어가며
고동과 섭을 따던
기억은
늙지도 않고
어제처럼 머문다

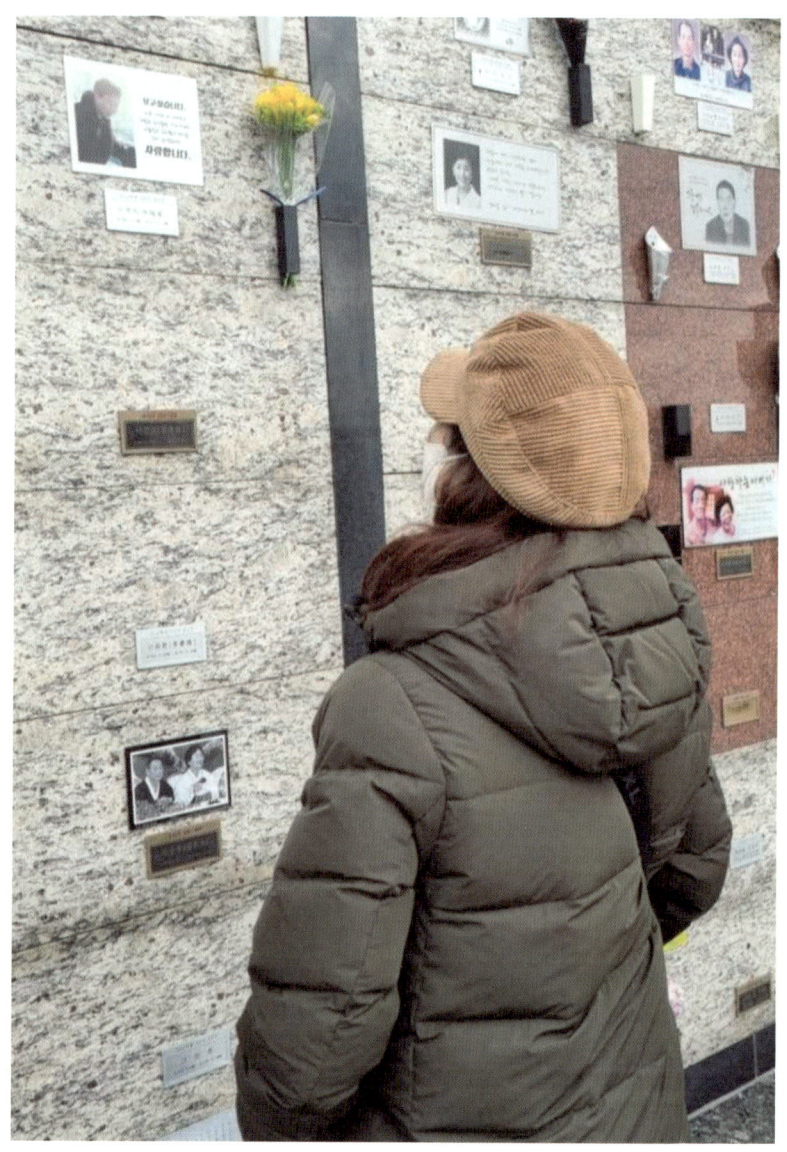

50_ 추억이 없는 가족

그리움

누구나 떠나야 할
길인 줄 알면서도
허기진 이내 마음
뉘 있어 채우리까
휑하니
시린 바람만
젖은 눈에 스친다

정월달 오십 줄이
툭 허니 멈춰버린
애달픈 깊은 사랑
야속도 하건마는
오늘은 그리움 말고
그 무엇이 있을까

꽃밭

어둠의 땅속에서
겨울을 뚫고 나와

수줍듯 꼬물꼬물
가녀린 여린 새싹

자연은 삶의 순리를
거슬리지 않구나

늦은 밤 내리는 비
갈증의 단물 되니

연둣빛 실바람이
꽃밭에 서성이면

개성이 다른 꽃들이
봄의 춤을 추겠지

가을밤

먹구름 몰려드니
달 별빛 숨어들고
나그네 인기척에
물닭은 선잠 깬 듯
호숫가 어둠에 숨어
헛기침만 해댄다

사방은 고요하고
바람은 불어오니
억새의 작은 떨림
빛바랜 가을 눈물
겨울밤 빨간 풍차는
쓸쓸함만 머문다

주홍빛 꽃등

꽃잎 진 자리마다
갈잎이 물이 들고
늦둥이 재롱떨듯
영글진 꽃봉오리
주홍빛 꽃등을 켜고
가을볕을 밝힌다

앙다문 꽃문 열고
힘차게 나팔 부니
내 어찌 고운 모습
반하지 아니할까
화사한 홍란 꽃송이
한 점 그림 남긴다

인연(1)

열두 장 세월 칸은
올해도 달랑 한 장
사연을 남겨놓고
이별 길 서두르니
무엇을 채워버려고
종종걸음 했던가

칠십의 언니부터
사십의 아우까지
내 삶의 페이지에
함께한 고운 인연
한 해의 끈끈한 사랑
감사함을 전하리

경안천에서

꽃샘의 아침 바람
스며든 물가에는
계절을 누리고자
날아든 철새 떼들
황홀한 경이로움에
넋을 잃고 말았네

정든 곳 떠나야 할
봄소식 들려오니
아쉬운 미련 남아
물새들 노래하네
고니는 화답을 하듯
우아하게 춤춘다

겨울이 덮어놓은
꽁꽁 언 얼음길에
고라니 한 마리가
작별의 인사하며
잘 가요 경안천에서
우리 다시 만나요

마름달의 장미

오월의 곱던 날에
여왕은 꽃피우며
색색의 드레스에
매혹의 향기 품고
오가는 길손의 마음
유혹하던 우아함

보드란 순백의 눈
소복이 내려앉아
가냘픈 꽃송이들
싸늘히 굳어가니
그 모습 애처롭구나
마른 달의 장미여

화해

그녀가 떠나간 후
이해를 하지 못해
오해만 깊어지니
야속함 상처 되어
십여 년 남남이 된 듯
마음 문을 닫았네

화해의 만남 속에
엉켜진 실타래를
한 올씩 풀어내니
사형제 나의 사랑
이 순간 기쁨이 되어
밝은 미소 짓는다

늦가을

물감을 풀어 놓듯
파랗게 시린 하늘
자연의 화가들의
섬세한 손끝에서
계절의 한 페이지에
샛노란빛 물든다

늦가을 이별 길에
낙엽은 나뒹굴며
그리운 이름 하나
기억을 데려오니
쓸쓸한 가슴 한편에
스며드는 찬바람

여름날의 추억

찌는 듯 뿜어대는
얄궂은 더운 열기
자연이 내어주는
계곡을 찾아드니
톡 쏘듯
시원한 물이
한낮 햇살 비웃네

꺽지와 다슬기는
돌 틈에 잠을 자고
신이 난 아이들은
웃음꽃 피어나니
사랑의
그대들 동행
여름날의 추억이

2월의 페이지

설밥을 먹은 겨울
떠나기 싫음인가
설악이 전해오는
순백의 초대장에
설렘의 들뜬 마음은
신선대로 향한다

쌓인 눈 대수더냐
오르고 또 오르니
감동의 아름다움
넋 잃은 자연 그림
저 멀리 울산바위가
웅장함을 뽐낸다

예순의 여인들은
동심의 아이처럼
눈밭에 뒹굴대며
웃음꽃 호호 깔깔
2월의 페이지 속에
소복하니 담는다

내 삶의 그대

윗마을 오빠 친구
소중한 친구 남편
고향길 찾아가면
언제나 반겨주니
따뜻함 가슴에 담아
이내 마음 전하네

세월의 사랑 섞고
미소로 정성 담아
소박한 한상차림
끈끈한 진한 인연
내 삶의 그대들 있어
행복이라 말하리

민들레

떠나간 그 계절에
보드란 솜털 나폴
바람의 춤사위에
흩날린 꽃씨 하나
벽돌 틈 한 줌 흙 품고
시린 겨울 건넸네

질기고 질긴 생명
꿋꿋이 뿌리내려
양지 녘 햇살 잡고
꽃송이 피어나니
샛노란 민들레 꽃잎
강인함이 곱구나

산속의 집

잔설이 쌓여있는
산속 집 앞산에는
물오른 가래나무
고로쇠 물이 뚝뚝
싱그런 봄 찾아오니
꿈틀대는 봄나물

처마 밑 마른 북어
덜그럭 속 빈 소리
산바람 오고 가며
짓궂게 툭툭 치네
따사한 봄볕에 앉아
도란도란 웃음꽃

김장

흐릿한 하늘에는
햇살이 들락날락
뽀얀 살 한잎 두잎
발그레 덧칠하니
매콤한 맛스러움이
마름 달에 묻드네

마당에 뛰어노는
아이들 웃음 속에
질부의 손끝에는
정성이 버물버물
수육에 막걸리 한 잔
굽은 허리 펴준다

그녀와

머릿결 스쳐 가는
짙어진 갈바람에
드넓은 꽃밭에는
가을이 하늘하늘
그녀와
걷는 들길이
상큼하니 좋아라

수줍은 소녀처럼
미소가 예쁜 여인
우연한 만남에서
인연의 마음 나눔
화사한
꽃 속에 묻혀
추억한 줄 줍는다

제3부

그 이름

애월의 밤

서풍이 불어오니
파도는 춤을 추고
먼바다 언저리에
고깃배 반짝반짝
어부는 희망을 품고
길고 긴 밤 지샌다

달 별도 잠에 취한
어둠의 해변 길에
짭조름 향기들이
낯설지 아니하니
애월의 밤바다에서
서성이는 이방인

그 이름

약속을 굳게 믿고
신작로 서성이며
오늘은 오시겠죠
내일은 오시려나
설렘의 기대가 컸던
그 아이는 일곱 살

이맘 때 즈음이면
만나지 못한 기억
아픔의 생채기에
마음은 방황하네
뜨락의 보름달 보며
불러보는 그 이름

분꽃

촉촉한 가을비가
내리는 새벽길에
툭 치며 스친 바람
청량함 상큼하네
불빛에 연분홍 물결
소담스레 폈구나

한낮은 수줍은지
살포시 꽃 문 닫고
어둠이 스며들면
꽃잎 문 활짝 열어
달 별빛 바라보면서
꽃등 켜는 분꽃들

댑싸리

어디서 날아들어
신작로 모퉁이에
한 줌 흙 자리 잡고
돋아난 무성한 잎
초록의 싱그러움이
이내 발길 잡는다

폭염의 열기에도
생명의 강인함은
잔잔한 감동되어
기억을 꺼내본다
댑싸리 빗질을 하던
그 옛날의 추억들

추억(2)

여명은 들락날락
구름과 술래놀이
파도도 잔잔하여
갯바위 올라서니
추억이 꿈틀거리며
이내 맘을 흔든다

그 옛날 이곳에서
개헤엄 첨벙첨벙
짠물을 먹어가며
고동과 섭을 따던
기억은 늙지도 않고
어제처럼 머문다

감자전

강냉이 감자바우
유년의 코흘리개
여름 볕 달궈지고
장맛비 쏟아지면
알토란 감자를 캐서
보내주는 감사함

투박한 옷을 벗겨
강판에 쓱싹쓱싹
보드란 뽀얀 속살
노릇노릇 익어가며
졸깃한 우리의 우정
스며드는 감자전

선상에서

강렬한 여름 햇살
서산길 걸어가고
해풍이 살랑이는
낚싯배 선상에서
시원한
물회 한 그릇
명품 맛이 별건가

짓궂던 친구들은
뽀얗게 먼지 덮인
추억을 꺼내보며
그때는 그랬었지
목젖이
드러나도록
웃음꽃을 피운다

하룻길

어둠은 토닥토닥
새벽을 잠 깨우니
졸린 눈 치켜들고
내딛는 발걸음에
오월의 자연의 향기
기분 좋게 스친다

길섶에 피어있는
야생화 꽃송이들
오늘을 응원하듯
고운 빛 순수함에
괜스레 스며든 미소
하룻길이 가볍다

고욤 열매

자연이 주는 선물
초록이 무성한 숲
오묘한 밤꽃 향기
숨결에 스며들고
산새들 고운 하모니
음악회를 열었네

야생의 큰 나무에
매달린 작은 종들
가지에 올망졸망
꽃들이 앙증맞네
그 옛날 고욤 열매는
다시 못 올 추억 맛

나리꽃

상큼한 밤바람이
꽃대를 꼬드겼나
앙다문 꽃봉오리
화사한 미소 띠며
노란 문 활짝 열고서
진한 향기 품었네

한 알이 열 알 되어
식구가 늘어나고
해마다 이즈음에
꽃 피어 행복 주네
샛노란 예쁜 인연은
여섯 살 된 나리꽃

개망초

척박한 환경에도
열정의 마음으로
초록과 어우러져
꽃물결 하늘하늘
들꽃의
순수한 미소
이내 눈길 머문다

바람에 뚝 꺾일 듯
가녀린 긴 꽃대에
보는 이 하나 없어
외로움 밀려와도
개망초
꿋꿋한 자태
눈부시게 곱구나

산사

청아한 풍경소리
저 멀리 들려오고

연등은 형형색색
바람에 춤을 추네

산사의 모퉁이에는
흐드러진 불두화

떠난 임 그리움에
영가 등 걸어놓고

무릎을 꿇고 앉아
두 손을 합창하며

가족과 나의 인연들
무탈함을 빕니다

제비

이별의 말도 없이
홀연히 떠나더니
비바람 모진 풍파
고달픈 여정 뚫고
계절을 찾아 왔어라
지지배배 제비들

수 많은 나그네들
오가는 터미널에
공해와 매연에도
아랑곳 아니하고
처마 밑 둥지를 틀고
기다린다 인연을

몸살

익모초 씀바귀가
그리도 쓰디쓸까
녹슨 몸 방심하니
몸살이 고통 주네
세월의 숫자 앞에서
스며드는 허무함

지친 몸 토닥이며
꽃밭을 찾아드니
샛노란 달맞이꽃
햇살에 기대앉아
나 그대 기다렸어요
위로하듯 반긴다

울 아버지 (2)

세월의 무정함에
허기진 공허함을
채울 수 없는 마음
오늘도 홀로 찾아
모래에
흔적 남기며
그곳으로 향한다

바다로 떠나버린
애틋한 울 아버지
한 송이 눈물 꽃은
저 멀리 흘러가고
빛바랜
흐린 기억은
그리움을 부른다

꽃다지 냉이꽃

봄바람 스친 자리
햇살이 토닥이니
꽃다지 냉이꽃이
작은 키 치켜들고
날 봐요 재잘거리며
앙증맞게 피었네

겸손의 고개 숙여
자세히 바라보니
순수한 들꽃들이
소박한 기쁨 주네
행복의 들뜬 마음은
맑은 미소 짓는다

청라언덕

낯선 곳 길섶 따라
사부작 거닐 때에
첨탑과 어우러져
활짝 핀 백목련 꽃
감동의 청라 언덕길
풍경 속에 머문다

백 년이 훌쩍 넘은
역사를 품은 교회
세월의 흔적 속에
고풍의 경이로움
꽃나무 한 그루조차
소중함을 품는다

사랑

천지가 형형색색
꽃물결 수를 놓고
봄 내음 향기 따라
앞서니 뒤서거니
상큼한 들길 따라서
사뿐사뿐 걷는다

들꽃을 바라보며
아이는 재잘재잘
쑥 캐는 할머니는
콧노래 흥얼흥얼
너와 나 소중한 시간
한 소쿠리 담긴다

무엇을 준다 한들
아깝지 않은 사랑
성장의 페이지에
추억을 채워주리
먼 훗날 회상하면서
행복하게 웃으렴

자연의 향기

몽글한 꽃송이가
가지에 대롱대롱
머리를 곱게 따니
수줍듯 땅만 보네
휘리릭 바람이 부니
일렁이는 꽃물결

보랏빛 흐드러진
등나무 그늘 아래
자연의 향기로움
매력에 취해보니
빛바랜 기억 저편에
생각나는 그 사람

잔디꽃

언덕길 모퉁이에
햇살에 자리 잡은
키 작은 잔디 꽃밭
꽃망울 초롱초롱
자연이 덧칠을 하니
수채화 빛 물든다

그윽한 향기 품어
벌 나비 벗이 되고
뭇 여인 마음 훔친
귀여운 너그러움
오후 길 걸음걸음은
너를 찾는 설렘이

탱자

만삭의 보름달은
서산에 머무르고
샛노란 탱자들이
나무에 주렁주렁
눈부신 아침햇살에
탐스럽게 익는다

뾰족한 가시들은
날 선 채 꼿꼿하고
어릴 적 푸릇푸릇
설익은 열매 따서
친구랑 공깃돌 놀이
해지는 줄 몰랐네

가을빛 스며들어
향기가 솔솔 나면
한 알 따 입에 물면
찌르를 몸서리가
때 묻은 유년의 기억
환한 웃음 짓는다

어느 가을

비바람 몰아치니
낙엽은 아파하며
떨어져 뒹굴더니
어디로 가야 하나
갈 곳을 잃어버린 채
방황하는 젖은 몸

자연이 물들어준
갈잎 옷 갈아입고
한바탕 춤을 추며
멋지고 살고픈데
발길에 생채기 입은
어느 가을 내 모습

자목련

얄은 옷 입으라며
봄날이 찾아오니
보드란 털모자를
살포시 벗어내며
봉긋한
언 꽃을 내민
진 보랏빛 자목련

날아든 동박새가
꽃잎을 툭 건들면
연꽃이 피어난 듯
단아한 꽃송이들
목련이
흐드러지면
봄나들이 떠나리

제4부

그 겨울 그 바닷가

그 겨울 그 바닷가

묻어둔 이름 하나
파도에 실려 오니
눈빛의 흔들림은
그리움 때문이야
가슴에 빈자리 남긴
나 하나의 사랑아

추위도 등을 돌린
그 겨울 그 바닷가
환하게 웃어주며
행복을 남겨놓고
아픔만 가득 품은 채
떠나버린 그 사람

더위

강렬한 태양 빛은
열기를 뿜어대니
등줄기 땀이 촉촉
열꽃이 울긋불긋
더위에 찌푸린 얼굴
미소마저 빼앗네

어둠이 찾아오면
위세도 꺾이련만
당당한 잔열들은
밤잠을 뒤척뒤척
불면의 선풍기 바람
훈풍 되어 춤춘다

동박새

만개한 꽃나무에
날아든 동박새는
부리로 꽃송이를
콕콕콕 찍어 대니
가녀린
하얀 꽃잎이
눈꽃 되어 사르르

못다 핀 꽃봉오리
무정히 꺾어놓고
청아한 목소리로
노래를 부르더니
포르릉
날개를 펴고
날아간다 저 멀리

제주의 가을

야트막 언덕길을
오르고 또 오르니
탁 트인 넓은 초원
옥색 빛 예쁜 바다
제주의 가을바람에
이내 몸을 맡긴다

시이모 벗이 되어
진솔한 마음의 정
가슴에 채워지는
지울 수 없는 추억
시월의 웃음꽃 되어
낯선 곳에 머문다

힘 잃은 마음

황혼의 길목에는
빨간불 반짝반짝
불면의 고통 속에
힘 잃은 마음가짐
육신은
벼랑에 선 든
짜고 쓰고 맵구나

갈라진 벽 틈에서
피어난 꽃 한 송이
널 보니 나약함에
움츠려 못났었네
다시 또
이겨내보자
토닥인다 자신을

모교의 뜨락

행여나 피었을까
그곳을 찾아가면
두 걸음 느릿느릿
돋아난 꽃봉오리
아쉬워 모교의 뜨락
서성이던 이방인

해오름 달 소복소복
함박눈 내리던 날
기대의 마음에는
설렘이 두근두근
붉은빛 홍매화 꽃잎
꽃문 열고 반긴다

기일

그녀가 좋아하던
오도독 뽀얀 속살
그 맛을 주고 싶어
바람에 휘청이며
나 그곳 찾아왔어라
자은 항구 부둣가

추억의 심퉁이 알
정성의 기일 밥상
나직이 불러보는
슬픔의 깊은사랑
속울음 통증이 되어
시리도록 그립다

행운목

초록의 잎새 틈에
행운목 꽃송이들
너스레 떨지 않고
다소곳이 피어나서
마음의 기쁨을 주듯
진한 향기 품었네

한 토막 작은 나무
어느덧 열여덟 살
올곧은 모습으로
세월을 함께하니
그대의 소박함 속에
희망꽃이 머문다

봄의 향기

엊그제 내린 눈이
사르르 녹아드니
양지 녘 들길에는
낯익은 여린 새싹
냉이가 언 땅을 뚫고
한낮 햇살 품는다

유년을 손짓하는
추억에 사로잡혀
한 움큼 봄을 캐니
마음도 푸릇푸릇
소박한 나물 밥상에
봄의 향기 머문다

갈색빛 사연

봄날의 향기 품고
해당화 진분홍 꽃
꽃잎 진 자리마다
연둣빛 작은 열매
빨갛게 색을 덧칠해
탐스럽게 익는다

길섶의 바다 내음
해풍을 타고 오니
모래밭 나뭇가지
갈색빛 사연 품고
늦가을 길목에 앉아
퇴색되는 붉은 등

겨울 작품

가는 해 선물인 듯
함박눈 펄펄 내려
뜨락은 눈꽃 송이
수북이 쌓여가니
골목은 웃음소리가
해맑게도 들리네

모녀의 겨울 작품
정겹게 조각하니
대문 앞 눈사람이
미소를 짓게 하네
눈밭의 어린 동심들
해 저문 줄 모른다

사월의 해변

습련 신복록

사진 신복록

갑진년 사월에 려송붓질

사월의 해변

해풍은 스쳐 가며
솔내음 뿜어대고
소나무 가지마다
송화 꽃 몽글몽글
사월의 해변 길에는
청량함이 머문다

바닷가 모래밭에
새초롬 갯완두 꽃
햇살에 기대앉아
고개만 살랑살랑
보랏빛 수채화 한 폭
채색되어 곱구나

복수초

봄바람 깨금발로
깊은 산 더디 오고
어둠의 산기슭에
달 별빛 소곤대니
쌓인 눈 헤집고 나와
긴 하품을 해댄다

산그늘 스친 자리
햇살이 머무르니
만개한 샛노란 꽃
벌들이 찾아드네
땅거미 내려앉으면
꽃 문 닫는 복수초

인연 (2)

손으로 꼽으라면
몇 명의 숫자일까
따스한 마음들은
세월 길 변함없네
언제나
감사하여라
가슴에 핀 인향 꽃

인연의 두 글자에
아프면 달려오고
힘들 땐 함께하며
끈끈한 정 나누니
내 삶의
고운 그대들
사랑이라 말하리

울 아버지(3)

겨울의 밤바람은
얼얼한 땡초 같고
홀로이 찾아가는
외로운 그 길에는
가로등 흰한 불빛만
달래주듯 빛난다

고단한 삶을 살다
눈조차 감지 못한
울 아버지 즐겨 부른
꿈에 본 내 고향을
나직이 흥얼거리며
밤바다를 걷는다

봄들의 향연

사월의 끝자락에
내리는 빗줄기는
무성한 잎새 틈에
피어난 꽃송이를
또르르 은빛 방울로
간지럼을 태운다

물오른 꽃대마다
앞다퉈 봉긋봉긋
봄꽃들 샤방샤방
꽃동산 분칠하네
화사한 봄들의 향연
어울림의 한마당

꿀벌

오늘은 들길 따라
내일은 산속으로
계절의 꽃을 찾아
분주히 쉴 새 없네
벌들은
사랑을 품고
윙윙댄다 날갯짓

가냘픈 작은 몸은
부지런 타고나니
토종꿀 으뜸이라
층층이 집을 짓네
사르르
달콤한 꿀맛
그 향기도 진하다

오솔길

저 멀리 백운대는
산허리 굽이굽이
운무가 자욱하니
삼각산 숨어들고
계곡은 폭포가 되어
물줄기를 내뿜네

숲속에 하늘하늘
산초잎 꽃이 피고
분주한 청솔모는
나무와 숨바꼭질
뒷산의 오솔길 따라
잠시 여유 누린다

매미

녹음이 나부끼는
길섶의 숲속에는
목청껏 울어대는
쐐애 애 매앰 매앰
자연과 하모니 되어
음악회를 펼친다

그늘진 나뭇가지
꽁지를 들썩이며
짧은 생 울부짖음
온종일 토해내며
저 멀리 임을 부르는
여름날의 매미들

모과

봄날의 연분홍빛
살포시 꽃피더니
무성한 잎새 틈에
모과가 주렁주렁
폭염을 희롱하듯이
실하게도 열렸네

가을빛 단풍잎들
색색이 물이 들면
노란 옷 곱게 입고
진한 향 드릴 테니
임이여 어서 오셔서
나를 품어 보세요

습지

청명한 하늘에는
낮달이 머무르고
갈바람 향기 따라
들꽃들 살랑살랑
행여나 피어있을까
설렘 품고 걷는 길

반가운 재회 속에
콧노래 흥얼대고
연노란 물양귀비
단아한 열대 수련
연꽃이 만개한 습지
매료되는 고귀함

고희연

꼬마들 시끌벅적
형제들 찾아들고
사랑의 마음으로
고희연 축하 잔치
모두가 밝은 표정에
웃음꽃이 정겹다

그녀가 있었다면
기쁨의 술 한 잔에
어깨춤 덩실덩실
행복해 웃을 텐데
빈자리 그리움 되어
스며드는 쓸쓸함

미역

하늘은 맑디맑고
햇살도 따스한 날
해당화 꽃이 피는
한적한 해변에는
긴 머리 풀어 헤치고
춤을 추는 미역들

한 움큼 따다 보니
추억이 새록새록
줄기를 하나 떼어
와그작 오물오물
짭조름 스며든 식감
그 옛날의 고향 맛

제5부

추억의 향기

추억의 향기

어스름 저녁 길에
금풍이 불어오니
유년의 소꿉이들
백사장 모여 앉아
기억을
활짝 꺼내며
함박웃음 짓는다

가로등 하나둘씩
어둠을 불 밝히고
잔잔한 파도 소리
음악을 들려주니
청춘의
추억 향기에
깊어가는 밤바다

쑥떡

북한강 길섶 따라
벚꽃잎 흩날리고
사부작 걸음걸음
봄빛이 상큼하네
풀숲에 돋아난 쑥들
눈맞춤을 해댄다

보드란 여린 쑥들
한 움큼 또 한 움큼
바구니 채워지니
재미가 쏠쏠하네
봄 내음 쫀득한 쑥떡
어느 임께 전할까

아낙

산자락 노을빛이
머물다 넘어가면
어스름 저녁 길을
옷섶을 툴툴 털고
아낙은
소박한 하루
한 줄 벗어 놓는다

매콤한 풋고추와
호박을 하나 따서
부침개 노릇노릇
막걸리 한 잔 술에
밤하늘
달 별빛 보며
고단함을 씻는다

칡꽃

해풍이 불어오는
바닷가 얕은 언덕
연록의 잎새 틈에
살며시 자리잡고
보랏빛 칡꽃 송이가
함초롬히 펴있네

넝쿨의 강인함은
끝없이 뻗어가고
그윽한 향기로움
이내 맘 사로잡네
칡뿌리 보드란 속살
그 옛날의 먹거리

가을 바다

해 질 녘 가을 바다
잔잔한 물결 위에
조도 섬 등대 불빛
꽃피고 지고 피네
수많은 사연의 흔적
모래밭에 머문다

아픔의 언저리에
덩그런 빈 가슴은
미련한 그리움을
지우지 못한 탓에
멍청이 하소연하듯
그 바다를 찾는다

부추꽃

뜨락에 푸릇푸릇
가녀린 긴 꽃대는
꼿꼿이 허리 펴고
작은 꽃 몽글몽글
순백의 탐스러움이
꽃 물결을 이루네

벌 나비 날아들어
향기에 매료되어
꽃마다 입 맞추니
정분난 부추 꽃들
꽃 춤을 살랑거리며
반짝인다 별빛이

일개미

삭풍이 불어오면
볕 한 줌 없는 땅속
차디찬 시련 속에
강인함 인내하며
빗장을 굳게 잠그고
깊은 잠을 청한다

봄소식 꿈틀꿈틀
새싹이 돋아나면
가녀린 작은 몸은
곡간을 채우려고
온종일 쉼도 없어라
부지런한 일개미
사용자가 올린 이미지

첫눈

지난밤 내리던 비
가을을 밀어내고
보드란 눈꽃 송이
첫눈을 데려왔네
새하얀 도화지 위에
흔적 한 줄 남긴다

새벽길 나선 걸음
거북이 느릿느릿
함박눈 춤사위는
미소를 짓게 하네
아련한 겨울 낭만이
소복소복 스친다

사랑이 보고싶다

집터의 쓸쓸함을
위로를 해주듯이

보랏빛 나팔꽃이
활짝 펴 반겨주네

그리움 한 줄을 꺼내
서성인다 그 곳을

미소가 숨어있는
행복한 기억 있어

이순간 사무치게
사랑이 보고프다

내뱉는 긴 한숨 따라
짓어느는 눈농자

여름은 붓끝으로

무더위 기승에도
아랑곳 아니하고
호숫가 들길 따라
예쁜 임 찾아가네
저 멀리 연꽃 물결이
단아하게 웃는다

여름은 붓끝으로
고운 빛 덧칠하니
색색의 수채화가
덤 되어 미소 주네
마음은 꽃을 탐하며
수련밭에 머문다

동심

한낮의 봄 햇살은
겉옷을 벗겨내고
강가의 길섶 따라
자전거 따릉 따릉
까르르 해맑은 웃음
봄바람에 춤춘다

그네는 흔들흔들
동심의 수다 소리
무엇이 즐거운지
온종일 신났구나
집으로 가는 길 따라
긴 하루의 노곤함

어부

바다 끝 언저리에
보름달 떠오르듯
휘영청 환한 불빛
어둠을 밝혀주니
오징어 잡는 어부는
낚싯줄을 당기네

쓴 소주 한 잔 술에
애끊는 눈물방울
망향가 한 가락에
시름을 털어내며
파도에 그리움 띄워
북녘으로 보낸다

그녀

알알이 꽃봉오리
살포시 영글더니
작은 새 두 마리가
날아와 앉아 있듯
순백의 향기로움이
사랑되어 피었네

5월이 찾아오면
언제나 변함없이
따뜻한 마음 담아
내 품에 안겨주니
소중한 그녀와 인연
인복이라 말하리

세월의 숫자

햇살이 짧게 스친
좁다란 오솔길에
색바랜 낙엽들이
쓸쓸히 힘을 잃고
까칠한 산바람 곁에
미른 잎을 떨군디

세월의 숫자 하나
나무에 걸려있고
스산한 찬기운만
옷섶에 스며드니
저 멀리 산새소리만
쓸쓸하게 들린다

예쁜 카페

민물과 썰물 따라
갈매기 날아드는

노을이 예쁜 카페
창밖을 바라보며

미소가 고운 여인과
정겨움을 나누네

눈송이 휘날리면
운치를 더해주고

한적함 고요함은
지친 맘 달래주듯

향기가 머무는 그곳
다시 가고 싶어라

그리움(2)

한번은 보고 싶어
꿈속을 헤매지만
저세상 멀고 멀어
아직도 못 오시네
오늘도 꿈속 문 열고
기다리고 있어요

잘 있어 안녕이란
한마디 말도 없이
영원히 부재중인
야속함 짙은 이별
미움이 흐릿해지며
그리움만 깊어라

가을

여름은 가을에게
자리를 내어주니
하룻길 조석으로
바람은 싱그럽네
나무이
옹골찬 열매
자연 빛이 물든다

높낮이 화음으로
가을을 연주하는
풀숲의 음악가들
축제가 한창이니
길섶의
뚜벅이 걸음
덤이 되어 정겹네

먼지 쌓인 추억

늘어진 고무줄에
두 발은 폴짝폴짝

마음은 소녀 된 듯
콧노래 흥얼흥얼

넘고 또 뛰어보면서
옛 시절에 머문다

달고나 만들다가
국자를 태워 먹고

거빵 속 보물찾기
달콤한 별사탕들

옥수수 서리해 먹던
먼지 쌓인 주억늘

멋진 인생

해 뜨면 밭에 나가
나물을 수확하고
잰걸음 동동대며
농사일 쉴 새 없네
기냘픈
작은 체구에
스며드는 강인함

자신을 잊은 채로
살아온 지난 세월
새롭게 도전하는
취미가 생겼으니
그녀의
멋진 인생을
응원하며 박수를

철없는 여인

설악의 능선마다
솜이불 덮고 있고
들녘의 쌓인 눈에
괜스레 실실대며
추억의 동심이 되어
눈밭에서 뒹군다

철없는 여인들은
나이도 잊은 채로
언제 또 이 순간을
마음껏 웃어볼까
순백의 겨울에 앉아
진한 여운 새긴다

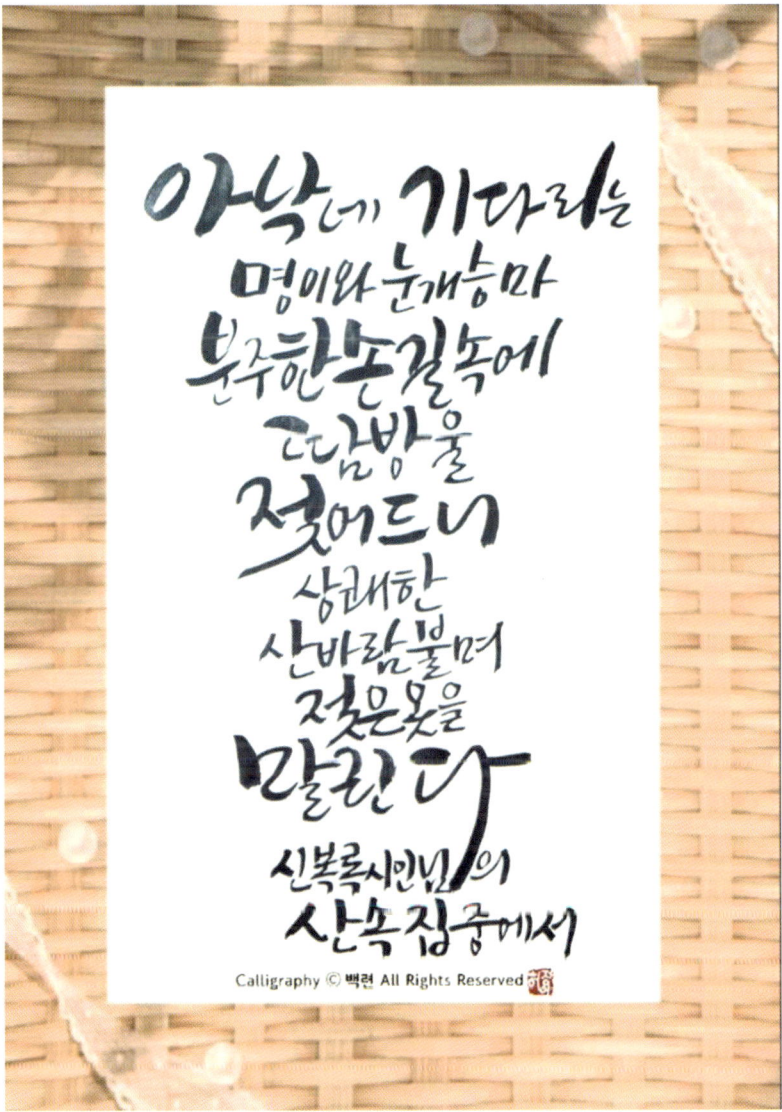

아낙네 기다리는
명아와 눈개승마
분주한 손길 속에
또 따방울
적어드니
상쾌한
산바람 불며
젖은 옷을
말린다
신복록시인님의
산속 집 중에서

Calligraphy © 백련 All Rights Reserved

친구

무엇을 준다 한들
또 주고 싶은 사람
그곳을 찾아가면
친정집 같은 친구
내면의 따스함 담아
마음의 정 보냈네

힘들면 토닥이며
위로로 감싸주고
기쁨을 함께하며
좋아라 웃어주니
친구란 언어 속에는
훈풍 바람 머문다

허무함

한순간 허무함에
무너져 버린 아픔
혼자서 삭혀가며
얼마나 울었을까
좌절에
박힌 못 하나
그 언제나 뽑힐까

그녀의 힘든 모습
무엇이 위안될까
힘내라 그 말밖에
해줄 수 없는 마음
미약한
나의 자신이
미워지고 있구나

마음의 쉼

실향민 고달픔을
가슴에 묻어두고
엄마가 없는 자식
행여나 배 곯을까
노동의 끈을 잡고서
떠나기신 아버지

먼바다 고기잡이
이제나 오시려나
저 제나 오실까요
앞바다 바라보던
막내딸 기억 곡간에
그리움만 쌓였네

마음이 흐트러져
헛헛함 스며들면
그 마나 찾아가서
마음의 쉼을 하며
빛바랜 회상에 잠겨
평온함을 채운다

삶의 길　신복록

네가 걷는
삶의 길은
늘 뜻대로
되지 않는다
그러기에
절망이란
두 글자를
희망이란
언어로
오늘도 마음속으로
주문을 외우며
자신을
토닥토닥
진정시킨다
소박한
나의 삶을
위해서

계묘년 정초에 겨송붓질

□ 서평

자연에서 추억한 사랑의 그리움

– 신복록 시조집 『추억이 없는 가족』을 읽고

최봉희(시조시인, 평론가, 글벗 편집주간)

1. 프롤로그 – 글쓰기의 매력

왜 글을 쓰는가?

어떤 사람은 아름다운 삶의 경험으로 시를 쓴다고 말한다. 혹은 삶의 성찰과 깨우침에 따른 성장을 경험할 수 있기에 글을 쓴다고 말한다. 더욱이 자신의 아픔을 토로하고 치유하는 수단이 되기 때문이다.

작가마다 창작의 목표는 제각각 다르다. 분명한 것은 삶의 문제에 자기만의 삶을 독특하게 표출하려는 의도가 있다는 사실이다. 굴곡 없이 평탄한 삶을 살아온 경우가 있는가 하면, 수많은 고통의 늪을 헤쳐나온 경험도 있으리라. 이를 다양한 언어로 개성적으로 표현하는 것이 작가의 삶이다. 다만 전자와 후자의 표현은 각기 다른 감각을 동원해야 한다. 그래서 시적 체험은 살아가는 현실을 표현하고 상상력을 발휘하는 체험의 육화(肉化) 과정이라고 말할 수 있다.

신복록 시인은 계간 글벗에서 시조시인으로 등단한 이후에 시조 쓰기를 통해서 자신의 삶을 개성적으로 표현해 왔다. 부모를 잃은 아픔과 멀리 떨어진 가족과 친구에 대한 그리움으로 생의 의미를 깊게 천착(穿鑿)하고 있다. 이런 기저(基底) 위에서 그의 시적 감수성은 독특한 시적 에너지를 표출하고 있다.

어느덧 다섯 번째 시조집을 출간한다. 그는 시조 쓰기를 통해서 고통은 삶을 단련시키고 사고의 폭을 넓힌다는 사실을 파악하고 있는 듯하다. 그뿐만 아니라 숙성된 인간미를 갖게 되었는가 싶다.

분명한 것은 시에서 체험과 상상의 결합은 곧 독특한 개성으로 문학의 빛을 내게 마련이다. 그 때문에 시인만의 독특하고 개성적인 정신의 가치를 획득하게 되는 것이다.

시의 본질은 단순한 체험의 기록이 아니다. 감각과 사유가 결합한 인간적 진실의 예술적 구현이라고 말할 수 있다. 또한 시인의 자아 탐색의 결과물이자 자연과 나 자신을 새롭게 바라보는 창인 셈이다.

신복록 시조집을 만나면서 떠오른 글이 있다. 미국의 저명한 저널리스트이자 작가인 애너 퀸들런(Anna Quindlen, 1952~)의 말이다.

"정말 어렵고도 놀라운 일은 완벽해지려고 애쓰는 것을 그만두고 자기 자신이 되려고 노력하는 것이다."

사람은 결코 완벽할 수가 없다. 반드시 잘 해내지 못하는 경우도 있는 법이다. 개인적인 성찰을 담은 글이지만 따뜻한 공감이 가는 글이다. 삶이 힘들고 괴롭더라도 괜찮다. 그저 나의 삶을 살면서 나의 것으로 만드는 것이 더 중요하기 때문이다. 그것이 소중한 나를 찾는 길이기도 하다.

그런 면에서 신복록 시인은 시조 쓰기를 통해서 자신의 길을 찾아나선 것이다.

2. 시조의 맛과 멋

시조는 우리 고유의 겨레시오, 정형시다. 오랜 역사적인 줄기를 지니고 있다. 고려 중엽에서 나타나 조선초기 문인들에 의해 정형화되어 지금까지 우리 겨레의 노래로 그 명맥을 이어오고 있다. 이는 우리 시조의 시적 생동감을 주는 민족의 감수성을 담아온 그릇이기 때문이다. 특별히 시조는 전통적인 삶의 애환과 정한을 수용한 우리 정신의 그릇이기도 하다. 시조가 현대에서도 꾸준한 표현으로 자리 잡은 이유는 도대체 무엇 때문일까? 우리의 정서에 가장 합당한 운율과 성정(性情)의 표현에 적합하기 때문이다. 아울러 삶의 그리움과 애환을 담은 멋과 맛이 곧 시조의 매력이자 한국문학 정신의 뿌리이기도 하다.

시조의 멋과 맛은 단순한 정형시 형식을 넘어서 우리말 고유의 운율, 절제된 감정, 그리고 여운이 있는 표현에서 나온다. 이것은 시조를 읽거나 지을 때 느낄 수 있는 정서적 깊이와 문학적 아름다움을 말한다.

그 때문에 시인은 자기 작품에 도전과 실험 정신을 가져야 한다. 천편일률의 고정된 사고의 틀을 벗어나 독창적이고 창의적인 시조 세계를 구현해야 한다. 때로는 엄격한 정형의 틀 속에 자기의 생각을 담는 노력도 필요하다. 자유정신의 깃발을 휘날리는 감수성의 실험은 결국 시조의 정신을 풍부하게 할 수 있다.

이런 기준에서 신복록 시인은 끝없는 도전과 실험의 정신은 사뭇 존경할 만하다. 그의 시조를 탐구하면 삶의 정한(情恨)을 담고 있다. 우리의 고유한 시조의 영역에서 그만의 독특한 정서를 느낄 수 있기 때문이다. 이제 그 깊이의 숭고함으로 다가서 보자.

신복록 시인은 처음에는 시로 등단하였다. 하지만 지금은 시조를 사랑하면서 글벗문학회 글쓰기 창작 프로젝트를 통해서 매일매일 시조 창작에 열정적으로 참여했다. 마침내 2020년 계간 『글벗』 여름호(통권 제13호)에 시조로 등단하게 된다. 그 이후 이번에 다섯 번째의 시집을 상재(上宰)하게 되었다.

그러면 이번 시집에 상재된 114편의 시조의 경향과 특징을 살펴보고자 한다.

3. 그리움을 추억하다

1) 그리움의 시조

 시인은 자기 정신의 일정한 흐름이 있다. 다시 말해서 관심의 경우이거나 환경 혹은 의도적인 사고가 일방적으로 흐를 때나 일정한 형태를 보이면서 표현으로 나타날 때, 이를 개성의 현상으로 말할 수 있다. 가령 어느 한 시어의 빈도가 많은 횟수로 등장하면 시인의 정신에 일부가 표출되는 일이다. 이는 곧 시인의 창의적인 응집으로 부를 수 있다는 뜻이다. 그의 시조에는 그리움을 표현한 시가 대부분이다. 그리움을 경험하면서 산다는 증거다. 또한 시인은 실향민 가족 혹은 어부의 가족으로 산 경험을 시조로 표현하기도 한다. 그러다 보니 자연스레 자연, 특히 바다와 관련된 시조를 많이 만날 수 있다.

     해 질 녘 가을 바다
     잔잔한 물결 위에
     조도 섬 등대 불빛
     꽃피고 지고 피네
     수많은 사연의 흔적
     모래밭에 머문다

     아픔의 언저리에
     덩그런 빈 가슴은
     미련한 그리움을
     지우지 못한 탓에

멍청이 하소연하듯
그 바다를 찾는다
- 시조 「가을 바다」 전문

 신복록의 시조 전체를 살펴보면 시조 소재들에서 자연과
바다의 정서가 많이 등장한다. 이는 물아일체(物我一體)의
삶을 의미한다고 할 수 있다. '자연'과 '나'가 하나가 되어
경계를 허물고 하나의 존재처럼 느껴지는 경지를 말한다.
다시 말해 자연 속에서 자신의 정서를 투영하거나 자연과
교감하며 마음의 평화를 얻는 표현이 바로 그것이다. 바로
자연의 멋을 즐기면서 자연과 하나가 자연 친화적인 삶을
말한다.
 신복록 시인의 114편의 시조 중에 '자연'과 '바다'가 각각
17회 등장한다.

해 질 녘 산사길을
사부작 거닐으니
청아한 풍경소리
저 멀리 들려오네
자연은 경이로움을
붓칠하고 있구나

스치는 산바람에
청량함 스며들고
하늘의 한 폭 그림

감동이 스며드니
황금빛 노을 풍경에
매료되는 이내 맘
- 시조 「산사길」 전문

 시인에게는 자연 풍경은 경이로움의 존재요. 이를 시조라
는 말글로 그려내고 있는 것이다. 자연에서 느끼는 다양한
멋과 맛을 경험하고 붓칠하여 한 폭의 그림을 그리게 되는
것이다. 자연에서 느끼는 풍류는 가족이나 이웃과 함께 할
수 있을 때 소중한 추억으로 남는 법이다. 그러나 추억을
함께 할 수 있는 가족이 없을 때는 시인의 마음은 어떤 상
황일까?

어둠의 땅속에서
겨울을 뚫고 나와
수줍듯 꼬물꼬물
가녀린 여린 새싹
자연은 삶의 순리를
거슬리지 않구나

늦은 밤 내리는 비
갈증의 단물 되니
연둣빛 실바람이
꽃밭에 서성이면
개성이 다른 꽃들이
봄의 춤을 추겠지

생명이 살아나는 봄은 어디에서 오는 것일까? 겨울을 보내고 가녀린 새싹에도 봄은 다가오지만 봄 가뭄이 매서운 법이다. 하지만 들판은 자연의 섭리에 따라 겨울을 이기는 '이른 봄'의 섭리를 훈풍의 봄바람이 일깨워준다. 이미 빗장을 푼 연둣빛 실바람에 춤을 추고 봄비에 푹 젖으면 생명이 약동하는 천지를 제공한다. 다만 그 삶은 기다림이 필요하다. 꽃이 늦게 피어도 꽃은 피어나기 때문이다.

> 잔설이 쌓여있는
> 산속 집 앞산에는
> 물오른 가래나무
> 고로쇠 물이 뚝뚝
> 싱그런 봄 찾아오니
> 꿈틀대는 봄나물
>
> 처마 밑 마른 북어
> 덜그럭 속 빈 소리
> 산바람 오고 가며
> 짓궂게 툭툭 치네
> 따사한 봄볕에 앉아
> 도란도란 웃음꽃
> – 시조 「산속의 집」 전문

희망이라는 봄을 만나는 것은 더욱 화려하다. 따사한 봄볕에 앉아서 자신이 먼저 '봄나물'이 되고 산바람이 되어서 봄을 깨우는 것이다. 봄을 만나는 그 마음은 시인의 정신 속에 담긴 시의 에너지다. 동백꽃에 새싹으로부터 꽃봉오리와 꽃술의 피어날 때면 동박새가 자신의 보금자리를 나눈다. '나눔'은 천상의 소식으로 승화한다. 시인은 다른 사람보다 먼저 봄을 향유(享有)하고 누리는 행복을 봄의 이미지에 담은 것이다. 시인은 봄이 오면 들썩이는 몸과 정신의 춤을 동박새의 형상이 된다.

만개한 꽃나무에
날아든 동박새는
부리로 꽃송이를
콕콕콕 찍어 대니
가녀린
하얀 꽃잎이
눈꽃 되어 사르르

못다 핀 꽃봉오리
무정히 꺾어놓고
청아한 목소리로
노래를 부르더니
포르릉
날개를 펴고
날아간다 저 멀리
– 시조 「동박새」 전문

'바람났다'는 말이 있다. 한시도 머물지 못하고 이리저리 혹은 저리 이리로 종잡을 수 없는 행동을 할 때 그런 이미지는 성립된다. 신복록의 시조에는 참새의 재잘거림이나 꽃들의 싱그러움으로 표현할 수 있다.

    푸드득 날아가다
    우르르 내려앉아
    새들의 수다 소리
    들녘에 재잘재잘
    화창한 햇살 좋아라
    이구동성 짹짹짹

    뜀뛰기 사뿐사뿐
    갯단에 들락날락
    고소한 알갱이에
    신나서 조잘조잘
    참새떼 무리를 지어
    여유로움 정겹다
    − 시조 「참새」 전문

시인은 참새가 되어 수다로 봄노래를 부른다. 신명이 나는 것이다. 우리말에 신명(神明)이라는 말은 아주 유쾌해서 저절로 일어나는 흥과 멋을 말한다. 신들린 이유를 논리로 설명할 수 없을 때 무아지경(無我之境), 바로 마음이 어느 한 곳으로 온통 쏠려 자신의 존재를 잊는 경지에 이

르게 되는 것이다. 시인은 무아경(無我境)을 방문할 때 비로소 시의 신과 만나는 일이 성립된다. 참새, 폭포, 들꽃들의 행동은 곧 시인의 정신에 봄의 신이 들어와 춤을 대신 추는 이치와 같다. 한마디로 물아일체의 경지인 셈이다.

저 멀리 백운대는
산허리 굽이굽이
운무가 자욱하니
삼각산 숨어들고
계곡은 폭포가 되이
물줄기를 내뿜내

숲속에 하늘하늘
산초 잎 꽃이 피고
분주한 청솔모는
나무와 숨바꼭질
뒷산의 오솔길 따라
잠시 여유 누린다
– 시조 「오솔길」전문

신복록 시인은 왜, 자연과 관련된 시조가 많을까? 또 자연을 즐기는 풍류는 어디에서 오는 것일까? 여기에 신복록 시인은 서울과 강원도 등의 자연에서 생활하면서 느끼고 경험한 자신만의 서정성과 따뜻한 정서로 설명할 일이다.

2) 아버지와 가족, 친구에 대한 그리움

 행복에 대한 신념과 가치관은 사람마다 다르다. 그래서 시인마다 지닌 다양한 시적 개성과 표현은 곧 자기 삶을 살아가는 사람들만의 방식이다. 어떤 사람은 평탄하게 살아가는 사람도 있고 다양한 아픔을 극복하면서 살아가는 사람도 있다. 사실 글쓰기는 경험의 원숙성과 지혜를 발굴하는 방편이기도 하다. 어쩌면 시인에게 시조 쓰기는 사랑과 행복으로 나아가는 삶의 한 방식인 셈이다.
 사실 고통은 인간을 성숙시킨다. 또 다른 생의 의미를 밝히 보는 성찰의 안목을 가질 수 있기 때문이다.

세월의 무정함에
허기진 공허함을
채울 수 없는 마음
오늘도 홀로 찾아
모래에
흔적 남기며
그곳으로 향한다

바다로 떠나버린
애틋한 울 아버지
한 송이 눈물 꽃은
저 멀리 흘러가고
빛바랜
흐린 기억은

그리움을 부른다
– 시 「울 아버지」 전문

신복록의 시조에서 자주 등장하는 어휘가 '그리움'이다. 17회 등장한다. 특히 돌아가신 아버지에 대한 추억과 그리움이 가득하다. 그의 그리움과 추억의 이야기를 만나보자.

누구나 떠나야 할
길인 줄 알면서도
허기진 이내 마음
뉘 있어 채우리까
횅하니
시린 바람만
젖은 눈에 스친다

정월달 오십 줄이
툭 허니 멈춰버린
애달픈 깊은 사랑
야속도 하건마는
오늘은 그리움 말고
그 무엇이 있을까
– 시 「그리움」 전문

신 시인의 대표적인 정시는 앞에서 언급한 것처럼 '아버지에 대한 그리움'이 아닐까 한다. 시인의 아버지는 실향민으로 북쪽이 고향이다. 아울러 가족과 형제들을 이 세상에서 이별하는 아픔을 겪었다. 그래서 아버지께서 가보지 못한 그 고향에 꼭 가고 싶은 그리움이 시에 절절하게 담겨있다.

한번은 보고 싶어
꿈 속을 헤매지만
저세상 멀고 멀어
아직도 못 오시네
오늘도 꿈속 문 열고
기다리고 있어요

잘 있어 안녕이란
한마디 말도 없이
영원히 부재중인
야속함 짙은 이별
미움이 흐릿해지며
그리움만 깊어라
- 시조 「그리움(2)」 전문

시인이 지닌 삶의 바탕색은 짙은 그리움이다. 삶의 궤적이 깊이 잔뿌리를 내려 모진 비바람을 이겨내고 있다. 한평생 살아가는 과정이 자연의 모습과 닮았다. 마음과 영혼에 물든 그리움으로 기다림의 여백으로 시를 담아내고 있다.

일출은 구름 뒤로

황금빛 숨어들고
한세월 고기 잡던
어부는 간데 없네
그리움 넘실거리며
바다 깊이 숨는다

물안개 나풀대니
짠 내음 더욱 짙고
수많은 사연 품은
파도만 철썩이네
저 멀리 고깃배 하나
물결 띠끼 띠닌다
－ 시조 「바다」 전문

 자연과 인간이 분리되지 않고 조화를 이루면서 표현한 시
조는 자연 속에서 자신을 융화시키는 경지를 경험할 수 있
게 한다. 구름이 숨어들고 어부인 아버지는 내 곁에 없고
고깃배 하나만 물결에 떠다닐 뿐이다. 이를 시인은 '그리움
은 숨는다.'고 표현했다. 이는 이별이 정한에서 어우러진
시인의 사유에서 비롯된다.
 현재의 실상과 시간과 정서의 원류를 따라가 보면 그리움
의 정서를 형상화한 시법은 한 폭의 추억을 감상하는 듯하
다. 시조 「바다」에서 나타난 것처럼 그 정경은 마치 말
글로 그림을 그리듯이 펼쳐진다. 그의 내면세계에서 분출
되는 그리움은 바다의 모습처럼 정형 미학으로 펼쳐짐을

볼 수 있다. 어쩌면 현재의 시간과 미래의 시간에서도 그
리움은 영원성의 이미지를 담고 있는지도 모른다.

　　공허함 텅 빈 가슴
　　그리움 스며드니
　　갈증의 목마름에
　　골목길 서성이네
　　만삭의 둥근 보름달
　　벗이 되어 머문다

　　가로등 불빛 아래
　　꽃들도 잠 못 들고
　　초록의 잎새 틈에
　　설익은 감 하나가
　　툭 하니 떨어지면서
　　나그네를 잡는다
　　　- 시조 「보름달」 전문

　가족에 대한 그리움으로 잠을 이루지 못하는 이에게 둥근
보름달만이 벗이다. 그때 감 하나가 툭 떨어지면서 시인의
마음을 사로잡는다. 그리움으로 목마른 시인의 심정을 담
은 시조다. 신복록 시인의 철학은 심오한 것보다는 일상적
인 삶에 있음을 확인할 수 있다.
　부모가 없고 가족이 없는 외로운 생활을 다룬 시조 「늦가
을」을 살펴보자. 가장 합리적인 은유의 깊이를 다룬 시조

작품이다.

　　물감을 풀어 놓듯
　　파랗게 시린 하늘
　　자연의 화가들의
　　섬세한 손끝에서
　　계절의 한 페이지에
　　샛노란 빛 물든다

　　늦가을 이별 길에
　　낙엽은 나뒹굴며
　　그리운 이름 하나
　　기억을 데려오니
　　쓸쓸한 가슴 한편에
　　스며드는 찬바람
　　– 시조 「늦가을」 전문

　시는 비유와 상징이다. 가을의 낙엽을 바라보면서 그리운 이름을 찾는 시린 가슴에 찬바람이 부는 것이다. 시조는 은유의 의상을 입을 때 상상의 숲은 푸르고 깊은 의미로 다가선다. 신 시인은 이런 정서를 능숙하게 말글로 그림을 그려내니 이별의 풍경화다. 채색의 아름다움이 화판 위에 선명함을 자랑한다.

　　눌러쓴 모자 위로
　　겨울비 젖어들고

어둠이 짙게 깔린
추억의 성곽길은
가로등 밝은 불빛만
시린 마음 달랜다

손잡고 도란도란
둘이서 걷던 그곳
무성한 그리움에
홀로이 서성이니
흔적은 그대로인데
임은 간 곳 없구나
  - 시조 「겨울비」 전문

시의 무대 공간은 겨울비가 내리는 추억의 성곽길이다. 임과 거닐던 그 추억의 길에 가로등만 빛나고 떠난 임을 그리워하고 있다. 앞에서 거론한 것처럼 아버지나 가족 그리고 친구를 그리워하면서도 그 흔적을 찾아서 희망을 갈망하고 그 추억을 찾아가는 것이다.

다음의 「산사」라는 시조 작품에서도 그 정서를 만날 수 있다.

청아한 풍경소리
저 멀리 들려오고
연등은 형형색색
바람에 춤을 추네
산사의 모퉁이에는

흐드러진 불두화

떠난 임 그리움에
영가 등 걸어놓고
무릎을 꿇고 앉아
두 손을 합창하며
가족과 나의 인연들
무탈함을 빕니다
– 시조 「산사」 전문

산사에서 떠난 임에 대한 주모의 마음을 정리하면서 합장
하면서 가족과 모든 인연에 대한 무탈의 기원의 기도가 들
린다. 마치 청아한 풍경소리로 들려오는 것이다.

3) 희망으로 그린 그리움의 말글

인간은 편리를 항상 추구한다. 다시 말해서 자기의 합리
성을 위해 과거와 현재 그리고 미래를 동일 선상에 놓는
다. 그리고 이를 구분하면서 꿈을 그리는 그림을 그리려
한다. 여기서 과거는 오늘로 이어지고 오늘은 다시 내일,
여기서 꿈이 등장한다. 미래를 위한 꿈은 곧 현실을 위로
하거나 건너가는 다리의 임무를 수행하기 때문에 과거는
현실이고 현실은 미래라는 길이 연결된다. 그래서 시인은
농심으로 그리운 주억을 다시금 떠올린다.

시월의 짙은 하늘

구름도 어여쁘고
해맑은 웃음소리
갈바람 타고 노니
숲속의 술래잡기는
동심되어 머문다

계절은 손끝으로
자연을 붓칠하니
나무는 한잎 두잎
색동옷 갈아입네
너와 나 소꿉놀이는
추억 책에 새긴다
  - 시조 「추억」 전문

　인간은 항상 추억을 회상한다. 산 자는 잘살기를 바라고 또 행복이라는 신기루를 찾아 항상 배회한다. 그러나 행복은 결코 신기루만은 아니다. 땀과 노력을 기울이게 되면 행복은 순간으로 다가와 웃음을 전달한다. 행복은 마치 순간에 사라지는 신기루요 안개 같기 때문이다.
　그렇다면 그의 시조 「겨울 놀이터」에서 행복은 어떤 의미로 등장할까?

온 세상 소록소록
함박눈 내리던 날
뽀드득 음률 따라
해맑은 웃음소리

꼬마를 태운 눈썰매
씽씽 슝슝 달린다

꽁꽁 언 고드름을
툭 떼어 장난치니
아빠도 그 옛날의
동심이 스며드네
자연의 겨울 놀이터
쌓여가는 추억들
- 시조 「겨울 놀이터」 전문

　어린 시절 아버지와 썰매 타기를 했던 추억이 떠오른다. 함박눈이 내리고 눈썰매를 타면서 해맑은 웃음소리가 들려온다. 그리움은 열정(熱情)이고 집중이다. 이 열정과 집중을 통해서 달성의 길이 열린다. 하찮은 것이라도 몰입하는 정신은 투사(投射)할 때라야 성취의 기쁨이 행복으로 전환한다. 이는 심리학자 미하이 칙센트(Mihaly Csikszent)가 제시한 이론에 출발한다. 몰입은 자신이 하는 활동에 완전히 빠져 있는 상태다. 이는 자기 초월의 경험에서 비롯된다. 몰입 상태에서는 자아의식이 줄고 '나'라는 존재를 잊고 행동 그 자체에 녹아드는 것이다. 결과보다는 과정 자체가 기쁨이고 행복이 되는 셈이다.
　신복록 시인은 진지함과 또 애정으로 섬세하게 사물을 바라보는 물아일체의 눈빛이 따스하다. 이는 그의 삶의 자세는 희망에서 비롯된다.

해풍은 가을바람
한소끔 데려오니
해변 길 자박자박
햇살도 발맞추네
길섶의 해당화 물결
형형색색 곱구나

열정의 붉은 열매
알알이 탐스럽고
추억을 한 줄 꺼내
툭 따서 먹어보니
사르르 달콤한 맛이
옛 시절에 머문다
- 시조 「해당화」 전문

　시조 쓰기의 행위는 옛 시절의 추억을 나눈 일이고 애정
어린 관심이고 정성이다. 글쓰기에 정성이 들어가면 나눔
으로 표현한다. 곧 행복한 추억을 전달하는 것이다. 시조
쓰기는 추억을 맛과 멋으로 안아줄 수 있기 때문이다. 작
고 소소한 것을 귀하게 여기면 행복의 진정한 가치를 알
수 있다. 시조 '해당화'는 시인이 추구하는 생활의 깊이요
건강한 삶의 표정이라 할 수 있다.
　그리움이란 대상과 대상의 사이에 남아있는 거리(距離)
때문에 안타까움이 생긴다. 인간사에서 거리가 발생하고
이 거리는 항상 서로의 관계를 이어주는 역할을 할 뿐만

아니라 사모하고 증오하고 또는 밀접도를 나타내는 이미지
로 작동된다. 지우려고 해도 지워지지 않는 인연의 고리는
내면화로 외로움이라는 심리적 고통으로 이어진다.

그렇다면 '그리움'이란 서로의 관계가 잡을 수 없는 사이
를 이름할 것이고 여기엔 애타는 상태의 안타까움이 존재
할 것이다. 물론 인간이 그리움의 대상일 수도 있고 사물
과 고향도 그리움의 이름으로 존재할 것이다.

> 바다 끝 언저리에
> 보름달 떠오르듯
> 휘영청 환한 불빛
> 어둠을 밝혀주니
> 오징어 잡는 어부는
> 낚싯줄을 당기네
>
> 쓴 소주 한 잔 술에
> 애끓는 눈물방울
> 망향가 한 가락에
> 시름을 털어내며
> 파도에 그리움 띄워
> 북녘으로 보낸다
> – 시조 「어부」 전문

'어부의 딸'로 살던 시인의 추억은 그리움이다. 이런 추억
은 그리움이 파도로 밀려오고 돌아갈 수 없는 거리에서 세

월은 더욱 밀도를 높이는 정서를 애타게 불러온다. 시인은 그리움으로 마음 복판에서 떠날 수 없는 바다의 노래, 어부의 노래로 드러날 때 삶의 끈끈한 심정이 숙연함으로 표현된다. 이런 그리움은 시간을 거슬러 애달픈 노래의 가락으로 떠나지 못하는 여운의 시심을 붙잡고 있는 셈이다. 여기서 신복록 시인의 따스함이 묻어있다. 그 추억을 마음에 간직한 정감이 포근하다.

윗마을 오빠 친구
소중한 친구 남편
고향길 찾아가면
언제나 반겨주니
따뜻함 가슴에 담아
이내 마음 전하네

세월의 사랑 섞고
미소로 정성 담아
소박한 한상차림
끈끈한 진한 인연
내 삶의 그대들 있어
행복이라 말하리
– 시조 「내 삶의 그대」 전문

신복록 시조에 등장하는 시간과 공간은 추억의 땅이다. 학창 시절의 친구를 만나는 일은 추억이 새롭게 일렁일 것이다. 고향을 떠나 제각각 사회생활을 하면서 일정한 거리에 서로를 생각하는 마음에는 항상 추억의 이름들이 마음을 붙잡고 떠나지 않을 것이기에 애절함으로 상상의 길을 넓힌다. 방황의 삶이 쌓이면서 체험들이 존재의 형태로 드러나는 모습은 완연하다. 그러나 아무리 삶이 가파르고 삭막해도 따스함으로 사랑을 담으면 만사는 애정으로 감싸게 마련이다.

실향민 고달픔을
가슴에 묻어두고
엄마가 없는 자식
행여나 배 곯을까
노동의 끈을 잡고서
떠나가신 아버지

먼바다 고기잡이
이제나 오시려나
저 제나 오실까요
앞바다 바라보던
막내딸 기억 곡간에
그리움만 쌓였네

마음이 흐트러져
헛헛함 스며들면
그 바다 찾아가서
마음의 쉼을 하며

빛바랜 회상에 잠겨
평온함을 채운다
- 시조 「마음의 쉼」 전문

 신복록은 자연 속에서 인생의 순리로 엮어지는 노래를 그
리움이란 내용으로 기억의 곡간에 담은 지혜가 안온하다.
이는 인간의 존재의 근거가 자연(바다) 속에서 이루어지기
때문이다. 자연(바다)은 어쩌면 시인의 모태와 같은 심상
을 지닌 것이다. 자연에서 시를 쓰면서 추억을 엮어가는
일은 곧 자기 생의 역사를 뜻깊게 만드는 작업이기도 하고
마음의 쉼을 얻는 작업이기도 하다. 그의 시조 속에는 자
연의 변화에 따른 풍경화는 물론이고 즐거움, 아픔, 슬픔까
지도 추억 속에서 평온함이 있는 쉼으로 그려진다. 바로
'추억의 노래'가 가슴속에 뛰어오르는 춤이 되고 생동하는
흥겨움이 되고 마음의 쉼이 되는 것이다.

5. 에필로그 - 추억을 그리움으로 되새김질하기
 이제 그의 시조 「오리가족」을 감상하면서 글을 마무리
하고자 한다.

시원한 바람결은 길섶에 나부끼고
개천가 맑은 물에 귀여운 아기들이
엄마 뒤 졸졸 따르며 나들잇길 떠나네

여름 볕 뜨거워도 즐거운 오리 가족
콧노래 꽉꽉 대며 자맥질 신이 나요
지나던 잉어떼들도 꼬리 살랑 흔든다
 - 시조 「오리 가족」 전문

 그는 지금도 시인은 자연을 통해 어린 시절의 추억을 그
리움으로 되새김질하고 있다. 이는 추억은 물론이고 자신
을 사랑하는 치유의 표현이다. 다시금 어린 시절의 추억으
로 돌아가 오리 가족처럼 즐거운 추억을 떠올리며 따스한
동심이 가득한 사랑을 다시 만나고 싶은 것이다.

집터의 쓸쓸함을 위로를 해주듯이
보랏빛 나팔꽃이 활짝 펴 반겨주네
그리움 한 줄을 꺼내 서성인다 그 곳을

미소가 숨어있는 행복한 기억 있어
이 순간 사무치게 사랑이 보고프다
내뱉는 긴 한숨 따라 젖어드는 눈동자
 - 시조 「사랑이 보고 싶다」 전문

 시인은 말한다. 보랏빛 나팔꽃을 보고 어린 시절의 그리
움을 다시 한번 만끽한다. 시를 쓰면서 긴 한숨도 나오지
만 그리움을 불러 추억을 되새김질하는 모습이 아름답다.
 다시 한번 신복록 시인의 다섯 번째 시조집『추억 없는
가족』상재를 진심으로 축하하고 응원한다.

MEMO

MEMO

■ 글벗시선 228 신복록 다섯 번째 시조집

추억이 없는 가족

인 쇄 일 2025년 7월 20일
발 행 일 2024년 7월 20일
지 은 이 신 복 록
펴 낸 이 한 주 희
편집주간 최 봉 희
펴 낸 곳 도서출판 글벗
출판등록 2007. 10. 29(제406-2007-100호)
주　　소 경기도 파주시 와석순환로 16,(야당동)
　　　　　롯데캐슬파크타운 905동 1104호
홈페이지 https://cafe.daum.net/geulbutsarang
E- mail pajuhumanbook@hanmail.net
전화번호 010-2442-1466
팩　　스 031-957-7319
가　　격 15,000원
I S B N 978-89-6533-302-9 04810

* 잘못된 책은 바꿔 드립니다.